七彩の砂金　目次

装画／山口洋佑
装幀／山口洋佑＋新潮社装幀室

七彩の砂金

one - sided
love

第1章　片想い

誰とでも勝手に出来る片想い
浜省にかぶれてからのサングラス
関係を図にしてみたら星になり
改良を重ねて最初より劣る

人間のために咲いてる花じゃない

一回で潰れた本音語る会

物凄くリアルだけれどつまらぬ絵

運悪く生命線にクギ刺さる

あの世からみれば死ぬ日は誕生日

ミニの娘が目を閉じたので目を開ける

茶髪とかピアスがなんだ金歯だぞ

風習でやってることとの深い意味

こういうの残酷だねと食べて言う

見返してやりなよそして感謝しな

顕微鏡みれば身近にある秘境

どのくらい殺生したか靴の底

不老不死こんなものかと見る造花

仏滅をとても嫌がるフランス人

あの頃はよかったなぁの頃が今

眠ってたカレは知らない初キッス

January
1
2020

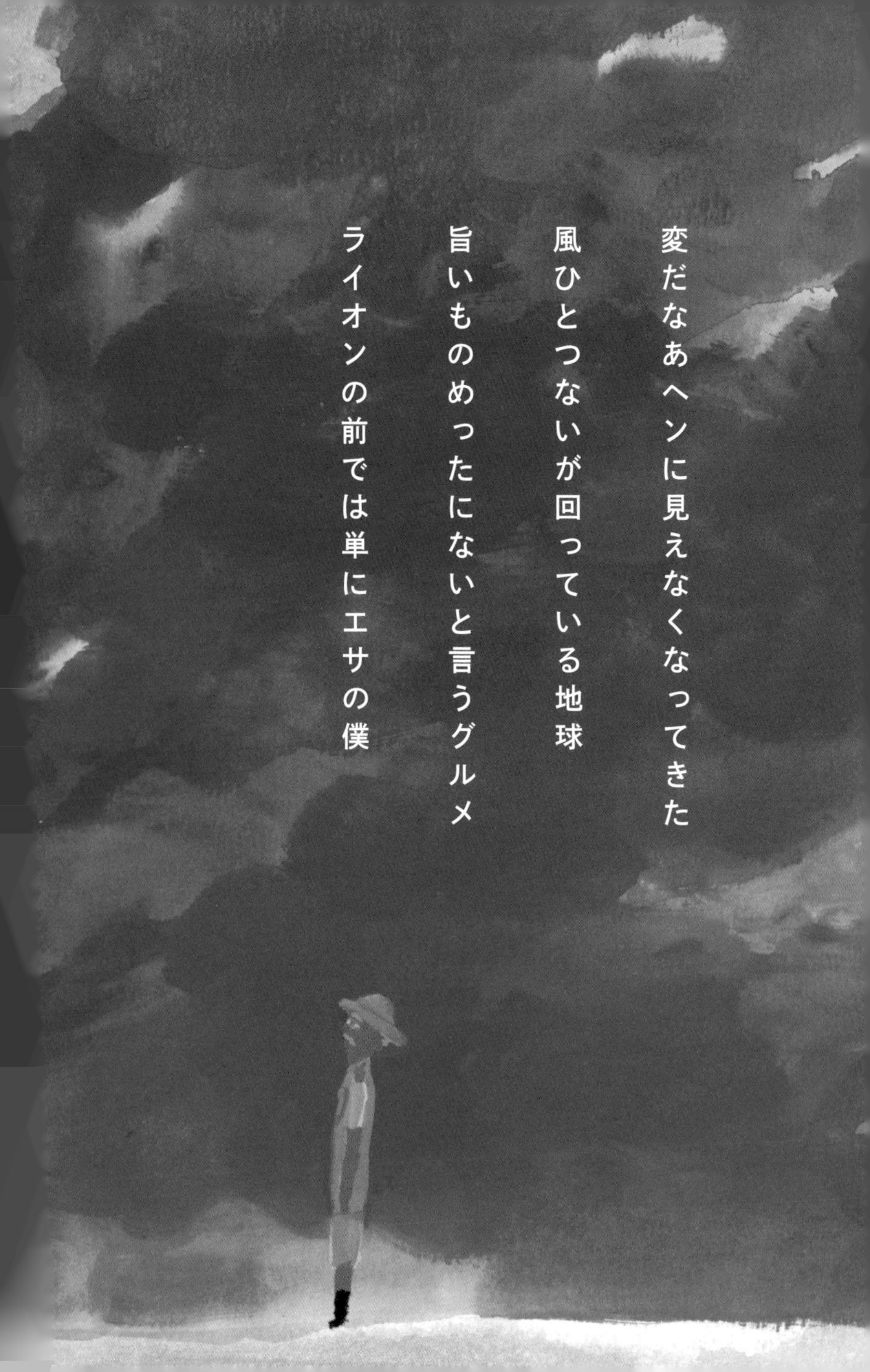

変だなあヘンに見えなくなってきた
風ひとつないが回っている地球
旨いものめったにないと言うグルメ
ライオンの前では単にエサの僕

自分だけ信じるものがない教祖

つらい日もしあわせな日も過ぎてゆき

ドーナツを食べるとほらね消える穴

マドンナとゲートボールじゃ呼ばれてる

2
7
3

みだらとも神聖なともいう行為

食べた物だけでできてるこの身体

1億もいて代表がコレかいな

ヒコーキを丸めて投げた方が飛び

よる発のあさ行きふとんと子を寝かす

天秤座きょうは全員恋実る

だまされている時楽しかったなあ

政治家にタカ派ハト派とサギ派あり

わいせつの極致にもある美しさ
ヘディングじゃないよ頭を使うんだ
汚職記事出てない時がしてる時
恋をしてキレイになってゆく息子

only one
future

第2章　一つしかない未来

まず花にあいさつをした宇宙人
古壁もその目で見れば抽象画
この中に脳があるのか蚊のあたま
よろこばすことを考えワクワクす

ボールペンにも人生のようなもの
天才を見てセオリーを生む秀才
結果的には一つしかない未来
深すぎておぼれさせてる母の愛

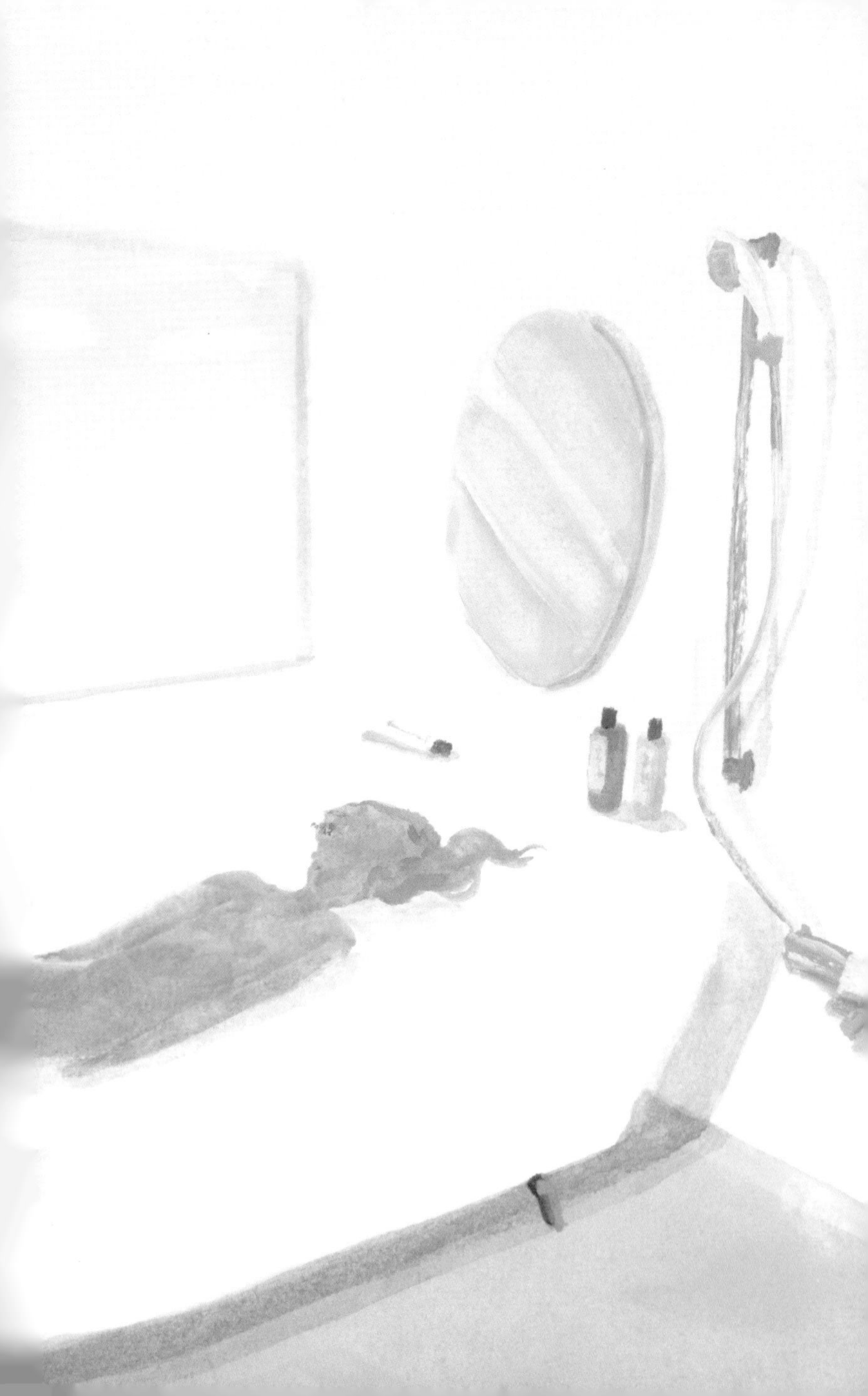

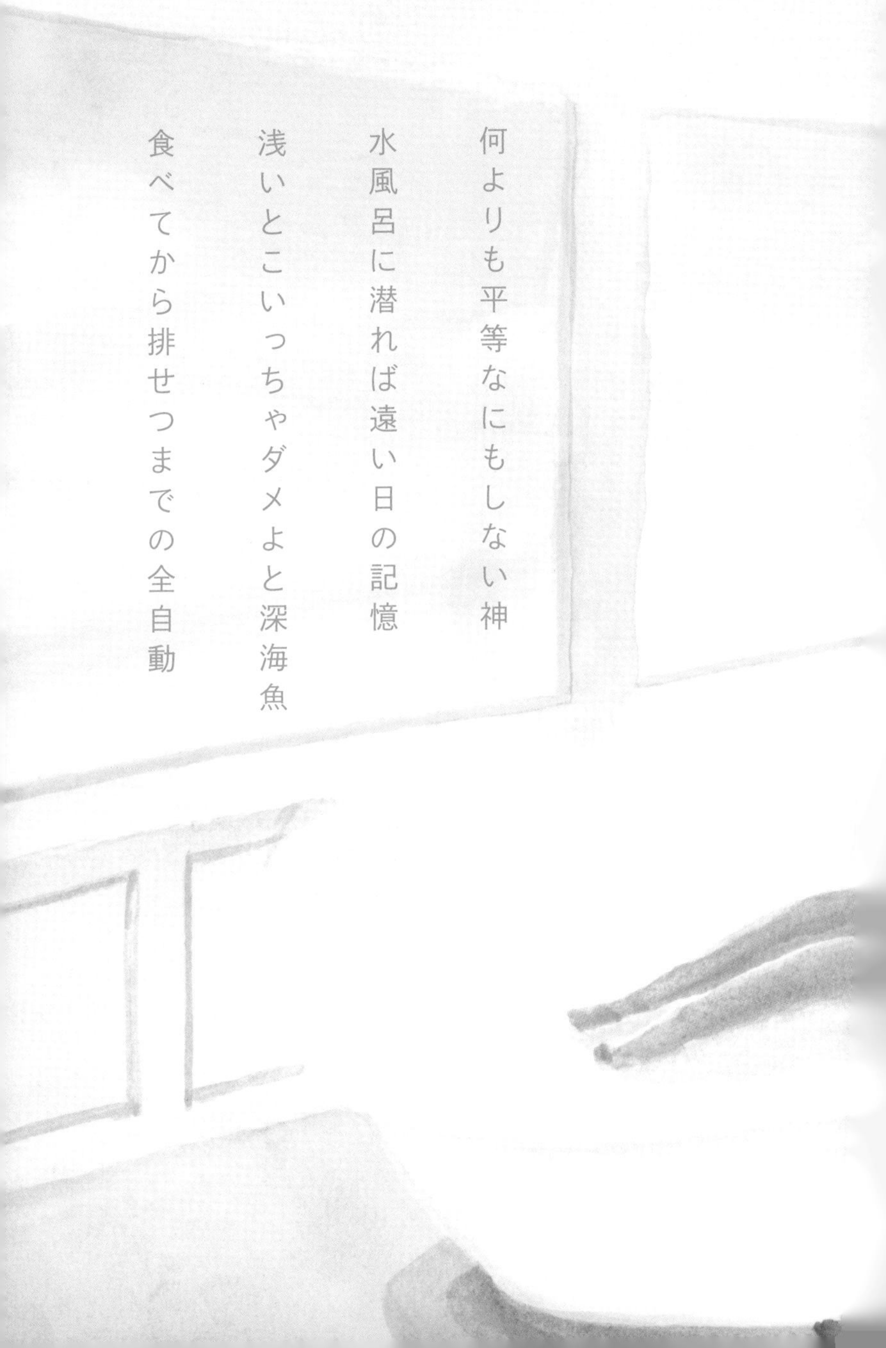

何よりも平等なにもしない神
水風呂に潜れば遠い日の記憶
浅いとこいっちゃダメよと深海魚
食べてから排せつまでの全自動

死ぬのって生まれる前に戻るだけ

宇宙人あらわれ地球まとまる日

タイムマシン未来に行ってダサがられ

肥料より鉢を大きくしてやりな

ただ歳をとってくことも未知の旅
こんなにも法律がいるわたしたち
犯罪じゃないのか眠る姫にキス
モンローのスカートめくる千の風

母さんが見ててあげるという魔法

飛ぶという点ではハエに負けている

どのような仕事にもいるアーチスト

今だけが未来を変えることができ

SUPERSTAR

わがままな性格出てるピカソの絵

匿名で凶暴になる掲示板

能力を知らぬ動物園のトラ

父上は知らぬお嬢のへそピアス

みんなより得な気がする感激屋

全員が洗脳されて大拍手

絵にかいた滝だが落ちる音がする

今日からと明日からにあるヤル気の差

暴君が残した世界的遺産

はく製のトラいるだけで分かる趣味

食べた物今度は僕になって生き

子孫生むだけなら長すぎる寿命

ファンファーレ鳴ってるような茜空
何らかの危機がサルから進化させ
バリバリの古典で今じゃ新しい
記憶力落ちても「今」は楽しめる

my
season

第3章　僕の四季

スリッパに透明人間立って見え

教育と洗脳にあるビミョーな差

盗撮か監視でもめる更衣室

展覧会欲しい要らんと見て回る

オスカーをあげたいようなＡＶ嬢
何億円買ったら当たる１億円
女子アナが笑顔で祈るご冥福
ゴミ箱の上で皮むき実を落とす

太陽のあなたを回る僕の四季

重そうで宇宙に浮いている地球

この崖の下はあの世とガイドさん

ほっぺたでピースしているごはん粒

力にはなれるがアナタにはなれず

失礼な呼び名ではある幼稚園

叩かれたゴキブリたちも待つあの世

ムチ落としトラと目が合う調教師

全員の望みを足すとこんな世に

１本の髪の毛できるメカニズム

イグアナを見ている人も動かない

玄関は一夫多妻のようなクツ

ジャングルで暮らせば変わるエライ順
展覧会窓の景色が1等賞
最後にはすべての欲に勝つ睡魔
SOSなのに手を振り返される

あの世って宇宙の中にあるのかな
芸術を勝負に変えるコンテスト
同じ木に咲いた花にも出来不出来
輪廻ってこんなものかな再生紙

あっちこち傷つけてきた丸い石

文明を持たない蜂の見事な巣

痛くない姿勢をさがす長い夜

地球儀のこんなところにおれ生まれ

みんないて寂しいはずがないあの世
本物を超えるニセモノ現れる
いいアタマ使ってしてるバカなこと
涙出た分だけ軽くなるこころ

何もない山頂にある達成感

バカやっていたと言うけど今もバカ

この身借り見せてもらっているこの世

人格者ならばいいのよ独裁者

present time

第4章　今という時間

残酷と言ったらキリがない料理
目覚めなきゃ見ていたことも知らぬ夢
宇宙史の最先端にいる我ら
優遇の時は感じぬ不公平

乗り遅れ真っ赤な夕日見るホーム
仏像にカワイイという褒め言葉
孫の手の届くところに置いた罪
今度こそ永遠の愛誓います

戦争も恋も禁ずることできず
こんなにも厚い聖書と法律書
核よりも戦争放棄しませんか
明らかに思考している蔓の先

THE LAW BOOK
HOLY BIBLE

ご先祖にしては粗末にしてる猿

わが兆の精子2つが世に残る

運命の人と恋するたびに言う

影武者と言っているのがご本人

一斉の合図もつ花鳥魚

せっかくの福耳なのに穴だらけ

騙されてあげなさいよと丸い月

裸では生きられぬほど退化する

棍棒を核に持ち替え言う進化

完成度高いが故に目立つミス

神様がオーマイガーと言うてるで

養殖と知らずに稚魚が抱く夢

神自身なのかも知れぬ全宇宙
一生のシナリオ詰まる受精卵
蚊に食われ食物連鎖の輪に入る
節穴のスポットライトあたる朝

物じゃなく人の心に宿る価値

全宇宙同時に今という時間

誰がって自分でさっき食べてたよ

生まれなきゃこの世があるのさえ知らず

あまりにも大器で寿命間に合わず

諭吉さま札が上下を生んでます

想像をするのは自由しかもタダ

ピンよりもキリが愉快な仲居さん

1億や2億はまけるピカソの絵
究極のＡＩ悩み自殺する
すごいねと誰も言わなくなるスゴさ
お祭りでなけりゃ捕まるそのカッコ

paradise
searching

第5章　極楽さがし

オスメスで殖えてくれたらいいお金

制約が生んだ独創的な案

人生のあみだに線を足す出会い

小さいが大問題の耳に虫

国宝もわいせつ物もある裸

いい人とわるい人とが同じ人

ウチの孫天才なのよウチのもよ

禁じなきゃならないほどに魅力的

極楽にいて極楽をさがしてる

いつの日か去ると思えば愛しい世

保護色に隠れるためと襲うため

洗脳をされて楽しく暮らしてる

臨終の父へ全身耳にする

吸った蚊の一部にボクがなるんだね

一粒の涙で世論覆る

チョンマゲの頃と変わらぬ袖の下

煩悩と言うが物欲楽しいぞ

名手得て本領発揮する名器

なめくじがヌードに見えるかたつむり

サラ金で知る約束の大切さ

ヘタウマの円空仏に癒される
平等が過ぎて生じる不公平
叱られにいくのに月がついて来る
両親も自分自身も選べない

宗達も鉄斎もある蚤の市

努力している気ちっともない夢中

よく喧嘩してるが笑い声もする

強さより適応力が生き残り

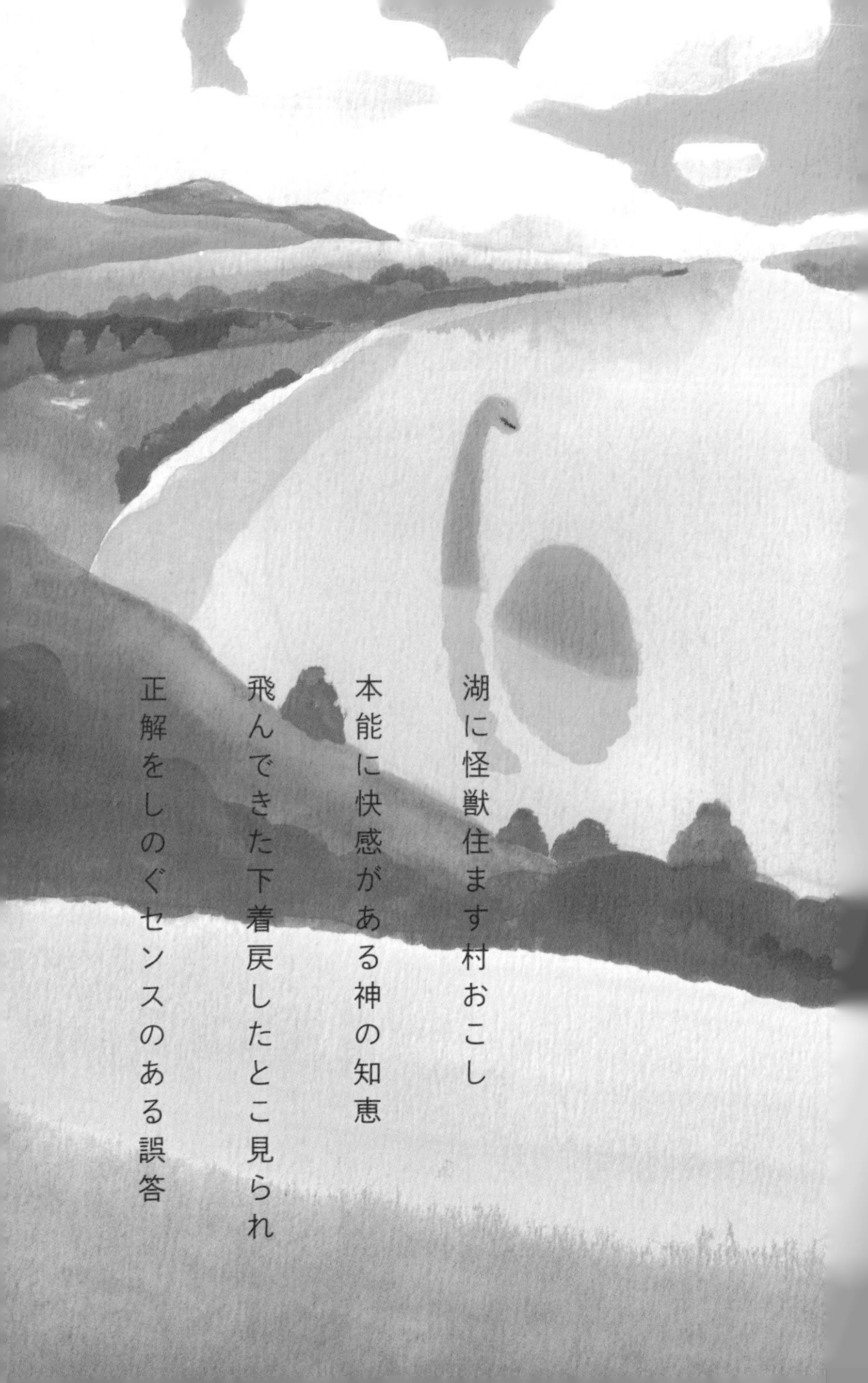
湖に怪獣住ます村おこし
本能に快感がある神の知恵
飛んできた下着戻したとこ見られ
正解をしのぐセンスのある誤答

ひと言も喋らぬ花に癒される

歯車の小さい方で忙しい

気が合うね同じ娘好きになるなんて

籠の鳥だった妻いま放し飼い

生んだのはどっちだろうか神と人

来世は大変いいと占師

神様は確かにいたと生還者

悟っても悟らなくても死にはする

私の愛すべき砂金たちに
美しい彩りを添えて下さいました
山口洋佑さんに心より感謝いたします

宮本佳則

表紙・絵　山口洋佑

宮本 佳則（みやもと・よしのり） 1951年生まれ。開業医。毎日新聞「仲畑流万能川柳」殿堂第1号。久喜川柳会主宰。著書に『万能川柳・名人選 宮本佳則版』（毎日新聞社）、『仲畑流万能川柳文庫③〈山頂〉』（毎日新聞東京センター）。

山口 洋佑（やまぐち・ようすけ） 1977年東京生まれ。イラストレーター。国内外の雑誌・書籍、CD、ファッション、広告、絵本など様々な媒体で活動。各地で個展も開催。
https://yosukeyamaguchi423.tumblr.com/

七彩（なないろ）の砂金（さきん）

発行：2020 年 5 月 15 日

著者：宮本佳則（みやもとよしのり）

プリンティング・ディレクター：十文字義美（凸版印刷株式会社）
協力：金川功（株式会社新潮社　企画編集部）
編集：川上浩永（株式会社新潮社　図書編集室）

発行：株式会社新潮社　図書編集室
発売：株式会社新潮社
〒162-8711 東京都新宿区矢来町71
電話 03-3266-7124

印刷所：凸版印刷株式会社
製本所：加藤製本株式会社

ISBN978-4-10-910173-8　C0092
価格はカバーに表示してあります。